KB052546

무덤가에 술패랭이만 붉었네

김경윤

시인의 말

달마의 슬하에 들어

하염없이 바라보던

땅끝 바다의 윤슬과 물마루 건너

붉은 옷자락을 적시며 오는

당신을 기다리던 그 저녁의 감정을

차마 말로 할 수 없는 그 마음의 일을

詩라는 이름으로 당신에게 드립니다.

2023년 가을, 땅끝 해은재海隱齋에서

김경윤

무덤가에 술패랭이만 붉었네

차례

1부 비파나무 그늘에서

2부 붉은 새로 환생하는 꿈

3부 사람의 그림자가 발등에 수북이 떨어지면

— 김익균(문학평론가)

1부
비파나무 그늘에서

몽돌론

바닷가 산책길에 주워 온 주먹만 한 몽돌 하나
처음엔 그도 각진 바윗돌에 불과했을 것이다

얼마나 많은 귀싸대기를 얻어맞아야
저렇게 작고 단단한 둥근 돌이 될까

밤낮없이 제 몸의 상처를 어루만지며
하염없이 울음을 삼켰을 검은 돌

선방의 묵언 수행자처럼
빈방의 고독한 시인처럼

오직 말없이 오랜 탁마의 길을 걸어온 몽돌
원만하다는 것은 슬픔과 분노를 닦는 일이거늘

몽돌은 제 안에 바다보다 더 깊은 울음보를 가졌을
게다
분명 명사십리 모래알 같은 말들을 품고 있을 게다

독거

평생 시 한 편 들여놓을 집이 없었는데
늘그막에 땅끝 가는 길 바닷가에 적막 한 칸 얻었다
외딴 마을 암자 같은 해은재海隱齋에는
하루 종일 사람 그림자라고는 볼 수 없고
그저 저녁답이면 찾아오는 별빛과 길고양이 하나
이따금 다녀가는 외로운 달님뿐이라
석양이면 노을주에 취해 그림자처럼 산다

누군가는 더러워 세상 버리고 산골로 갔다는데*
나는 슬픔 많은 세상 이기지 못해 바다로 왔다
세상과 단절하는 것은 마음의 관절을 끊는 것과 같
아서
마음에 철심을 박아야 겨우 견딜 수 있는 일
탈속도 해탈도 아닌 독거의 나날은
모래밭에서 잃어버린 신발을 찾는 것과 같아서
밤낮을 바꾸어 걸어왔던 발자국을 돌아보며 산다

* 백석의 시 「나와 나타샤와 흰 당나귀」 중 "산골로 가는 것은 세
상한테 지는 것이 아니다/세상 같은 건 더러워 버리는 것이다"라는
구절을 변주함.

채마밭 잠언

은퇴 후 마음 붙일 곳 없어
늙은 아내 엉덩이만 한 채마밭을 가꾸기로 했다

상추며 오이며 고추와 호박 모종을 심고
아침저녁으로 그 밭을 기웃거렸다

이따금 비가 왔다 가는 사이
모종들은 제 이름처럼 여여하게 자라 주었다

촘촘한 잎은 골라 주고 빼곡한 열매는 솎아 주고
그러는 동안 내 푸른 마음밭도 한 뼘쯤 넓어졌다

채마밭에서 보낸 한 철
가장 위대한 잠언은 자연 속에 있음을 알았다*

* 기형도의 「시작 메모」에서 변용함.

그 여름 사구미

땅끝해안로 벼랑길 모퉁이 돌아가다
불쑥 출몰한 해무海霧에 발목 잡힌 마음이 사구미에
주저앉았다

사구미는 늙은 고양이처럼 적막한 포구
여름이 와도 손 없는 해변민박 평상에는 파란만장 펼
쳐 놓은 바다가 종일 책갈피만 넘기며 글썽이다 저물고
저녁을 뒤따라 온 지친 길들도 모래 언덕에 발목을
풀어 놓았다

얼마나 오랫동안 삼키고 뱉었는지 그 이름도 사구미
沙口味란다

고양이 살결처럼 곱고 부드러운 사구砂丘에 어둠이
깔리면
바람은 서편 하늘 별빛들 끌어다가 바다 위에 은근
슬쩍 뿌려 놓고

민박집 달방에 세 든 나는 창문 너머 캄캄한 바다만 바라볼 뿐
저 건너편 뿌연 등댓불이 건네는 위로의 꽃 한 송이도 차마 받지 못하고

그저 꽃 같은 불빛 끌어안고 밤새 뒤척이다
입 안 가득 머금은 침묵의 말들 모래톱에 뱉어 놓았다

더는 눈물로 생을 보내지 말자고 다짐의 몽돌들 심연에 던져 놓던 흰 밤도
부질없어라 만 갈래로 흩어지는 포말들!

잠귀에 고이는 파도 소리에 뒤척이다 깨어 보면 금 간 유리창 아래까지 밀려와 어깨 들썩이던 바다
날마다 날마다 자꾸 밀려오는 슬픔의 만조滿潮

사는 일이 때론 하염없이 울먹이는 파문 같은 것이어서
누구나 울면서 파도 소릴 들어야 할 때가 있는 것이다

여덟 개의 모퉁이가 있는 길

오늘도 해를 등에 지고
여덟 개의 모퉁이를 돌아 만물슈퍼에 술 사러 간다
퉁명스러워도 정 깊은 슈퍼 아저씨 얼굴에 노을이 물
들었다
하루에도 몇 번씩 오가는 길이지만 길모퉁이 돌 때
마다
마음이 먼저 울퉁불퉁 요동치는 그 길
어느 봄날엔 겅중겅중 길 위로 뛰어드는 고라니를 만
나기도 하고
또 어떤 날에는 로드킬 당한 길고양이를 보내기도 했
지만
구불거리는 모퉁이마다 팡팡 팝콘처럼 벚꽃이 터지
는 날엔
가던 길 멈추고 한참을 꽃비에 젖어 마음이 다 환해
지는 그 길
여름에서 가을까지 모퉁이마다 붉은 배롱꽃 피고
지면
백일몽 같은 몽롱한 해무海霧 속에서 지척의 백일도

가 가물거리고

   눈이라도 내리는 날이면 엉금엉금 게걸음으로 고갯길을 넘지만

   밤길 오다 보면 어느 모퉁이엔 가로등 가족처럼 반기는 그 길

   돌아보면 내 살아온 생애도 수많은 모퉁이를 돌고 돌아

   이제 한 모퉁이를 돌고 있다는 생각이 드니

   부처는 여덟 개의 바른 길을 가라고 했지만

   나는 모퉁이 많은 이 길이 사람의 길만 같아

   매번 같은 날이지만 날마다 내일이 궁금해지듯

   모퉁이를 돌 때마다 통통거리는 마음이라니

   나는 오늘도 여덟 개의 모퉁이를 돌아

   만물슈퍼에 술 사러 간다

늙은 비파나무 그늘에서

이즈음 고요하고 쓸쓸한 날들이 책장의 읽지 않는 책처럼 쌓이고 사람과 사람의 말이 겨울 외투처럼 거추장스럽고 무거울 때가 많다

오늘은 찬물에 어제 해 놓은 밥을 말아 묵은지와 오이장아찌를 얹어 점심을 때우고 마당귀 늙은 비파나무 그늘에 앉아 황금빛 열매를 탐하고 있는데

저만치 텃밭에 몽글몽글 올라오는 부추꽃과 흰 부추꽃에 붕붕대는 벌들과 이 꽃 저 꽃 옮겨 다니며 부챗살 같은 날개를 폈다 접었다 하는 호랑나비의 날갯짓이 생의 허기를 부른다

마침내 부추눈꽃나물이 떠올라 이른 저녁을 준비하러 일어서는데 황혼의 비파는 긴 그림자를 해 뜨는 쪽으로 깔아 놓고 제 걸어온 길을 돌아보는 늙은 사람처럼 주름진 잎마다 글썽글썽 저녁빛을 매달고 있다

냄비에 물 끓은 소리 들으며 칼등으로 흰 두부를 으깨다 문득 지난해 담근 비파주와 갈대꽃 소슬대는 쓸쓸한 비파행*을 생각하고 있는데 어둑한 뒷산 뻐꾸기는 또 무슨 설움이 있는지 제 이름을 부르며 방 안까지 배경음악을 깔고 있다

*琵琶行. 당나라 시인 백거이의 시.

달마의 슬하

고단한 필생의 길을 끌고 마음수레 굴리며 여기까지
왔다

길 위에서 가만가만 부르던 그리운 이름들
화산 현산 지나고 월송 서정 외돌아서 가파른 달마
에 오르니
산 아래 풍경들은 납화처럼 납작 누워 있다

산그늘 내려와 저수지에 발목 적시듯
어스름 기척도 없이 슬며시 숲길 어루만질 때
바다는 어느새 붉은 노을방석 깔아 놓고
달마는 애저녁에 어둠경전 펼쳐 놓았다

어둠이 바다와 하늘의 경계를 지웠으니
저 무구한 하늘에 무슨 글자가 필요할까
별빛의 불립문자여

스스로 빛나는 것이 너의 길이라면

그저 별빛 아래서 어둠 경經을 읽는 것은 나의 일

여기 달마의 슬하에선 오만 가지 길들이 하나의 길로
눕고
어지러웠던 생生의 물음들도 마침내 단순해지는 것을,

어느새 이곳에도 가을이 들어
울창했던 녹음의 맹목이며 만발했던 꽃들의 장엄도
수묵 같은 농담으로 색을 벗으니
하늘에는 솜털처럼 뭉쳐졌다 흩어지는 구름뿐이다

그대 별서*에 두고 온 배롱나무 붉은 꽃잎처럼

우기가 지난 백포 들 건너 그대의 별서를 찾아가는
길은 구불거리고
나는 자꾸 고개 숙인 나락처럼 숙연해진다오

별서의 뜰에는 늙은 배롱나무만 오롯하게 붉고 삐걱
거리는 툇마루는 적막을 깨우는데
가을 기러기 울음으로 흰 구름 같은 그대를 불러 보
아도

고적한 옛집의 처마는 높고 그늘은 깊어 그림자로도
그대에게 가닿을 수 없고
애오라지 뜰에 낭자한 배롱나무 꽃잎들만 부질없는
그리움으로 붉은데

애시당초 출세도 허명虛名도 마음에 두지 않고 오직
서화書畫만을 벗 삼아
사뭇 고독한 묵향으로 사화士禍의 강을 건넜을 그대
의 생生을 생각하면

세상도 시도 노래도 날로 억새꽃처럼 가벼워진 이즈
음 자꾸 그대가 사무친다오
　　망부산 그늘에서 '나물 캐는 아낙네들' 호미 날 같은
눈빛으로 세상을 바라보던 그 눈빛이

　　그대 별서에 두고 온 배롱나무 붉은 꽃잎처럼 처절하
고 형형한 그 눈빛 같은 시가

* 전남 해남군 현산면 백포에 있는 공재 윤두서의 별서.

달마의 저녁

어정어정 칠월이 가고 건들건들 팔월이 와도
동동거리며 가을의 문 앞에 선 불안의 발길들 하염없
거니

밤낮으로 듣는 쇳소리에 귀가 아프고 쓴 소주도 공허
한 날이면
어둑어둑 산문에 들어 세속의 신발을 벗고 달마고
도*를 걷는다

구불거리고 가파른 산경山徑에 산그림자 덮이면
저녁 새의 날갯짓 소리 길 위에 떨어져 쌓이고
온갖 숨탄것들로 붐비는 산은 일시에 소리의 화엄이
된다

숲속의 풀벌레 울음소리 산을 들었다 놓았다 해도
놀란 귀도 아픈 발도 없는 달마는 묵묵하고
달빛 고인 숲길은 만경창파로 출렁인다

떡갈나무 잎새에 별빛 걸어 두고
허공에 바람의 노래를 필사하는 저녁

숲속의 나뭇잎 비비는 소리며 가을벌레 울음소릴
돌칼로 새긴 빗살무늬처럼 내 몸에 오목새김질하는
동안

나는 숲이 흘린 푸른 피를 마시며
그저 한 그루 나무가 되어 달그림자로 눕는다

산문 밖 인간의 길은 어둠 속에 가물거리고
숲속 금수禽獸의 길도 황망히 어두워지는데
내 안에 들어앉은 여여한 달마는 돌처럼 고요하다

* 전남 해남에 있는 달마산 둘레길.

25

모정

엊그제
외딴집 마당에까지 어린 새끼들 데리고 와서
코를 핥아 주고 바닥을 뒹굴며 장난치고 놀던 길고
양이
한동안 기척도 없더니

오늘은
어스름 밟고 슬금슬금 어두운 창문 밑에 와서
텅 빈 허공 같은 걸인乞人의 눈빛으로 어슬렁거리는
어미 고양이
배가 홀쭉하고 처진 젖꼭지는 발갛게 부어 있다

두려움 다 벗지 못한 짠한 그 눈빛
차마 마주 보지 못하고 슬그머니
냉장고 문 열어 육수용 디포리 한 줌 집어다 주었더니
반쯤 먹다 말고 야옹 야옹 누굴 부른다

불현듯

밥반찬 몇 가지 해 두었으니 시간 내서 집에 들르라던
　　어머니 전화 생각난다, 몇 해 전 뇌졸중으로 떨어져
몸도 성치 않은
　　미수米壽의 노모가 예순 넘긴 아들의 끼니 걱정이라니

　　고양이와 나와 노모를 생각하는 동안
　　하늘에 빛나는 별빛 하나 고양이 빈 밥그릇에 내려와
있다

텃밭의 산수

텃밭이 있는 집으로 이사 온 후부터
어머니의 발길이 잦아졌다

지난해에는 콩밭을 가꾸어 된장 콩을 한 말 가차이
얻었다며
올봄에는 또 참깨 씨를 뿌리셨다

씨만 뿌려 놓으면 저절로 자라는 것이 자연自然인지라
여름이 들면서 깨밭은 무성하고 흰 꽃들이 만발했다

오늘은 깨밭에 지심매야겠다고
뇌졸중으로 마비가 온 여든여덟 어머니가
한쪽 다리를 끌고 오셨다

텃밭에 주저앉아 엉덩이로 땅을 밀고 가는
달팽이 같은 어머니의 뒷모습이 안타까워

아따! 그냥 나둬부시오

꽃이나 두고 볼라요, 했더니

뭔 소리냐! 깨를 서 되는 털겄군만…
아이고! 저 속없는 우리 아들!
누가 시인 아니랄까 봐, 시 같은 소리 하고 있네, 하신다

그 말 듣고 있던 깨꽃들도
땡볕 아래서 빼시시 웃고 있다

부추꽃의 기도

긴 비 지나고 바람 소슬한 날
흰 부추꽃 곁에 앉아서

한 방울의 눈물로 진주를 만드는*
당신을 생각해요

내 슬픔의 기원을 알지 못하는 마음은
몽글몽글 부추밭에 부려 놓고

슬픔을 과장할 능력이 없는 사람은
슬픔을 견딜 수 없다는 당신의 말을 생각해요

오종종 꽃대 위에 두 손 모은 저 꽃망울들
신의 눈물 같은 망울들이 활짝 필 때마다

하늘의 별들이 꽃으로 환생한다는 것을
당신이 떠나기 전엔 알지 못했어요

흰 꽃잎에 앉은 팔랑나비 한 마리
팔랑! 날개를 폈다 접는 그 순간이

이 지상에서 한생生이 왔다 가는 일생인 것을
나는 이순이 넘도록 알지 못했어요

* 알프레드 드 뮈세 "시란 한 방울의 눈물로 진주를 만드는 것이
다."

팽나무에 대한 헌사

어린 시절 고향 마을
큰댁 텃밭머리에서
할머니처럼 반겨 주던 늙은 팽나무는
지금도 내 마음속에서
푸르고 넓은 잎 그늘을 드리우고 있어요
홍점알락나비를 부르고,
저녁 때까지 울음을 부르고,
달콤한 열매가 노랗게 익고 있어요
아직도 내 손가락에 남아 있는
알록달록한 때까치 알의 따뜻함이라니!
팽나무 잎에 세 들어 살던
애벌레가 번데기를 벗고 나비가 되는 동안
팽나무가 들려준 이야기는
살아 있는 것들은 껍데기를 깨고 나와야
날개를 가질 수 있다는 나비의 우화
어린 시절 고향 마을
큰댁 텃밭머리에서
생명의 신비를 처음 가르쳐 준 팽나무.

세상에 와서 처음 만난
나의 스승이에요

고양이를 기다리는 저녁

기다림으로 마음이 붉어진 것은 참 오랜만의 일이어서
처음엔 개복숭아 연분홍 꽃잎 흔들다 가는
봄바람 같은 것이라 생각하기도 했지만
그녀가 처음 다녀간 그 저녁의 자태와 밤공기에
바닷가 외딴집 적막한 일상은 일대 파문이 일어
마음 모퉁이에 기다림의 우거隅居를 짓고 말았으니

고적孤寂으로 양식을 삼고 살아가는 하루가 저물 때면
궁기와 허기를 걸치고도 당당했던 그녀가 궁금해지고
무슨 기약이 있었던 것도 아니면서 문득
마당귀 복숭아나무에 귀를 매단 마음이 자꾸
쑥국새 우는 숲속으로 소리의 길을 따라가자 하네

대저 기다림이란 마음 모퉁이에 꽃씨를 심는 일이어서
꽃 피고 지는 일에 희비喜悲가 엇갈리는 날들도 많았지만
고양이를 기다리는 이 봄날 저녁엔 내가 먼저 꽃이 되어
복숭아나무 가지 아래 비린내 나는 둥근 접시 하나
내놓겠네

2부

붉은 새로 환생하는 꿈

바다 여인숙

오늘 밤엔 누가 들었는지

며칠째 캄캄하던 창문에 불빛이 환하다

헐벗은 해조海藻 그 쓸쓸한 필생들이

하룻밤 혹은 달방 얻어 한 철 머물다 가는

바다 여인숙, 잠 못 드는 밤이면

마음은 해인정사海印精舍에 들어

해조음에 잠귀를 적시며 불면을 잠재운다

모래를 삼킨 집

달이 토해 놓은 모래들이
달빛 같은 사구砂丘가 되었다는
바닷가 언덕 위 몽암夢菴에 들어

밤낮으로
파도가 토해 놓은 말을 삼킨
빈방에 가부좌로 앉아
언덕 너머 먼 바다만 바라보았다

별들은 지상에 내려와 꽃으로 피고
꽃들은 하늘로 올라가 별이 되었다

달이라도 뜨는 날이면
만조의 바다는 가릉빈가*처럼 날개를 파닥이고
달빛이 새의 깃털처럼 창문으로 날아들었다

달이 토해 놓은 모래를 삼킨
언덕 위 외딴집에는

소음의 모래 같은 침묵이 쌓이고**

모래를 삼킨 빈방에 누워
나는 붉은 새로 환생하는 꿈을 꾸었다

* 迦陵頻伽. 불경과 인도 신화에 나오는 상상의 새.
** 프랑시스 퐁주의 시에서.

파도의 안부

바닷가 외딴집에 세 들어 산 지 달포가 지났다
처음에는 좀 적적하고 쓸쓸했지만
이 세상에 와서 내 지은 죄 많아
번잡을 떠나 스스로 유적流謫을 선택한 일이거니
누굴 탓할 일도 아니어서
그저 운명인 듯
저녁과 밤 사이에 물마루를 적시는
시민박명市民薄明의 노을로 위안을 삼았다

가난하고 쓸쓸한 바닷가 외딴집에 사는 동안
누군가는 고독사 같은 기우杞憂를 흘리지만
그래도 고적한 내 마음의 뜰에 이따금씩 찾아와
안부를 묻는 이들도 있었으니
어느 오후에는 발목이 발갛게 언 붉은머리오목눈이가
전기 검침원처럼 창문을 기웃대다 가고
어떤 저녁에는 눈빛이 서글픈 검은 길고양이가
우편배달부처럼 쓰레기봉투를 뒤적이다 갔다

인적 없는 바닷가 외딴집에서 지낸 달포
밤잠이 없는 나는 별빛처럼 깨어서
푸른 달빛 아래 앉아 바다 윤슬에 몸을 씻고
아말리아 로드리게스*의 파두를 듣다 잠이 들곤 했다
그런 날이면 새벽녘에 내 머리맡에 와서
달근한 숨결로 곤한 잠을 깨워 주는 누군가 있었다

* 포르투갈의 가수.

바다의 노래를 필사하다

창문 가득 노을을 걸어 놓고
황혼의 문턱에 우두커니
바다를 건너오는 저녁을 마중하는
어스름

낙담과 회한의 돌로 마음의 담을 쌓고
바다가 내려다보이는 창가에 앉아
바다의 노래를 필사하는
밤이면

파도의 입술이 모래톱을 적시듯
박명의 해조음이 마음을 적신다

어린 날엔 높은 산을 보며 살았고
젊은 날엔 푸른 강을 따라 걷기도 했지

이즘엔
바다에 기댄 마음이

자꾸 해월海月의 행로를 묻지만
나날이 눈은 어두워지고 책도 멀어져
그저 바다의 책장을 넘기는 파도 소리뿐

부질없다 부질없다
달빛에 부서지는 파도들
수국 꽃잎처럼 마음에 피고 진다

바다의 적막

저 언덕 너머
바다는 종일 적막하다

백만 페이지의 적막을 거느리고 사는
바다를 스승으로 모시기로 한 날부터
내 안에도 일만 페이지의 적막이 찾아왔다

인파가 오고 가는 도시의 번잡이나
꽃 지고 새 우는 숲속의 소란도 싫어

바닷가 외딴곳에
고요한 적막 한 채 얻어
없는 사람처럼 살기로 했다

바다를 건너는 바람처럼
하늘 건너는 구름처럼
누가 내 안의 적막을 자취 없이 건널 수 있을까

신이 아니고서 어떻게
바닷속 같은 내 안의 적막을 읽을 수 있을까

다만 오늘 밤에는 저 적막한 바다에
흰 붓 자국을 남기고 가는 달의 숨소리뿐

그 봄날 나는 바다의 애인이었네

하얀 치약 거품을 입에 물고
봄의 문 앞에 선 그녀가 글썽글썽
윤슬로 내게 오던 날

이 나이에 언감생심 사랑이라니, 했던
그 말들이 다 헛말이 되었네

속살속살 속살거리듯
잔물결로 달려와 내 발목을 붙잡고
썰물에 은빛 모래알 굴러가듯
그녀가 부르던 노래는 어느 나라의 아가雅歌일까

그 노랫소리에 내 귀는 소라처럼 부풀고
봄바람은 부드러운 손길로 붉어진 귓불을 어루만져
주었네
기도하듯 무릎을 꿇고 그녀의 입술에 나의 입술을
가만히 포개면
짭조름하고 달자근하고 비릿한 바다의 살내음이라니

일순 해변의 언덕에는 수줍은 듯 낯 붉힌 달래달래
진달래

아침저녁으로 그녀의 노래를 듣던 그 봄날
나는 바다의 애인이었네

몽돌의 연가

당신이 오기로 한 날이 가까워지면
마음이 먼저 길모퉁이에 가 있어요
팽랭이꽃에 팔랑대는 나비처럼
마음이 그냥 살랑거려요
벌써부터 쟁명한 파도 소리가 노래해요
당신이 오면 함께 맨발로 풀밭을 걸어요
발바닥을 간지럼 피우는 풀의 감촉들
등을 긁어 주던 당신의 손톱 같아요
손을 잡고 몽돌밭을 걸어도 좋지요
둥근 돌들이 발의 천공을 누를 때마다
하릴없이 터져 나오는 웃음꽃들
당신은 당신의 웃음은 파도처럼 하얗게 부서지고
나는 잠시 바다 위를 나는 새가 되지요
나는 나의 이름으로 당신을 부르고
당신은 당신의 이름으로 나를 불러요
오랜 그리움으로 수심이 깊은 저 바다처럼
잃어버린 말들이 허공에 쏟아지고
땡볕 아래 몽돌은 뜨거워져요

너무 깊은 사랑은 말을 잃어버리듯

나는 몽돌처럼 묵묵해지고

바다의 비애

바다가 흰 날갯짓을 하며 뭍으로 날아오고 있다

저 바다도 때로는 하늘로 날아오르고 싶은 날이 있어
저렇듯 하얀 날개를 퍼덕이며 우는 거라

낮에는 해를 품고
밤에는 달을 품고

바다가 흰 갈기를 휘날리며 뭍으로 달려오고 있다

저 바다도 어느 날엔 그리운 이에게 달려가고 싶은 때
가 있어
저렇듯 흰 손을 흔들면서 누군가의 이름을 부르는
거라

제 설움에 겨워 시퍼렇게 시퍼렇게 가슴을 치며
심연 가득 쌓인 그리운 말들을 해변 모래알로 쏟아
놓고

몰운대에서 울다

마음이 온통 구름 낀 하늘 같아서
구름 떼 몰고 몰운대 간다
몽돌들 자글거리는 다대포
절벽 아랜 제 몸 부딪혀 우는 파도 소리
벼랑 끝엔 간신히 몸을 기댄 늙은 해송들
바람 속의 생이 위태롭다
위태로운 것이 어찌 저 벼랑 끝 소나무뿐이랴
마음속 회한의 몽돌들도
먼 바다에서 밀려온 파도에 몸 부딪히며 운다
돌밭 같은 마음의 길 끌고
아무도 몰래 찾아간 몰운대에서
얼음을 파고드는 송곳처럼
절벽에 부딪히는 파도처럼
내 안의 울음들 쏟아낸 한나절
마음이 언뜻 구름 떼 사라진 하늘이라
꽃 같은 화손대에 올라보니
물마루 너머 연꽃처럼 피어나는 저녁노을에
바다가 일순 화엄이다

황혼의 식탁

바람도 없이 기척도 없이
누가 저 바다의 평상에다 식탁을 차려 놓았는지

붉은 식탁 위에는
한 접시의 구름과 갓 구운 빵 몇 조각
한 알의 사과

감사도 없이 기도도 없이
저녁의 언덕에 오롯이 앉아
나는 하루치의 허기를 달랜다

그러나
외로운 별빛 같은 영혼은 무엇으로 채우나

북가시나무 긴 그림자를 애인처럼 불러다가
별수제비라도 한 그릇 끓여 내올까
푸른 술잔에 추억의 포도주를 따를까

허기진 길고양이처럼

개밥바라기 창가를 기웃거리는 어스름

바다는 낡은 아코디언으로 보사노바를 연주하고

북가시나무 가지들은 허리를 흔들며 춤을 추네

없는 사람처럼 빈 벤치에 앉아서

걸어서 오 분 삼십 초 거리에 있는 땅끝 조각공원은
게으른 나와 게걸스러운 레옹이의 산책길
이따금 레옹이의 목줄에 끌려 공원에 가면
나는 그저 없는 사람처럼 빈 벤치에 앉아
그냥 말 없는 조각상이 되었다 와요

비상을 꿈꾸는 흰 석상과
그리움으로 가슴에 멍이 들었을 청동 나부裸婦와
바람에 손사래 치는 푸른 후박나무의 동무가 되어
먼 발치의 바다가 전하는 봄의 기별을 듣기도 하고
하늘에 뭉게뭉게 띄워 놓은 구름 편지를 읽기도 하고

오늘은 누군가 살며시 벤치에 놓고 간
부고 같은 흰 꽃잎 한 장 차마 펼쳐 볼 수 없어
그저 없는 사람처럼 빈 벤치에 앉아서
봄 산에 꽃상여처럼 피어나는 산벚꽃과
푸른 허공에 흩어지는 당신의 마지막 목소리 같은
개개비 우는 소리만 듣다 왔어요

봄날 저녁

숲속 나무들이

연두에서 초록으로 건너가는 봄날

숲 그늘에 저녁이 오면

새소리로 귀를 씻고

별빛으로 눈을 닦고

마음은 자꾸 저 산 너머

해인海印을 찾아가자 하네

밤의 산책자

침묵의 수레에 빗소리를 싣고 오는
밤이면

물결 없는 밤의 강을 따라가던 마음이
막걸리 웃국처럼 가라앉고

퇴임 후 코뚜레 벗은 소처럼
낮과 밤이 뒤바뀐 나날이 풀밭이어서

풀벌레 소리 달빛으로 쏟아지는
밤이면

달의 행로를 따라가던 마음이
새벽녘까지 걷다 오는

나는 밤의 산책자

젊음이 노력으로 얻은 상이 아니듯

늙음도 잘못으로 받은 벌이 아니어서*

차라리
밤은 늙음의 선물!

이즈음
나는 밤이 좋다

*박범신 소설 『은교』에서 변용함.

봄눈

이른 꽃 핀 늙은 매화나무
가느란 가지 끝에 소복이
흰 눈 내려 쌓이네

활들짝, 놀란 꽃잎들
일순 잎을 오므리고

놀란 꽃잎처럼 나도 깨어
차고 은은한 매화 향에 눈을 뜨네

누군가 봄눈 같은 말을 문자로 보내왔네
삶은 기적이요 만남은 신비라고,

3부
사람의 그림자가
발등에 수북이 떨어지면

마음이 붉어지는 저녁

저녁답에 찾아오는 길냥이에게 내어 줄 게 없는 날
이면
마음 한 귀퉁이에 가시낭구가 자라고

달빛이 물이랑마다 반짝이니 물고기들이 달 읽는 소
리 들립니다

평생 아내에게 남의 편으로 살아온 내가
어쩌자고 이 늘그막에
고양이의 안부가 궁금하게 되었는지 참 모를 일이지만

첫사랑이 찾아왔던 먼 옛날처럼 자꾸 마음이 붉어지
는 저녁입니다

그 여름의 부추꽃

황망하게 하늘로 떠난 아들을 가슴에 묻고
정처 없이 찾아간 몽골에서
황막한 모래바람 속을 걷다
신기루처럼 마주친 부추꽃들,
그 흰 물결 속에 쭈그려 앉아
마른 모래 속에 눈물을 파묻었던
그 여름의 고비 사막은
꿈만 같은데

언젠가부터
집 앞 전신주 끝에 오도카니 앉아
먼 바다를 하염없이 바라보고 있는
부리 긴 새처럼
그저 적막을 등에 지고
그 여름의 고비, 사막의 별빛 같은
부추꽃, 쌍봉낙타의 눈 속에
환영幻影처럼 하염없이 피고 지던 흰 부추꽃을
생각하는 날이 많아졌다. 눈물 머금은 낙타처럼

나도 언제가 돌아갈 그 하늘을 바라보며

고비의 저녁

고비의 저녁은 모음의 나라
어스름이 하늘과 지평선의 경계를 허무는 시간이면
적막한 초원은 모음으로 가득하다
양 떼도 낙타도 사막을 건너는 바람 소리도
고비에서는 모음으로 운다
아! 와 으! 사이 그 까마득한 광야에서
니은 자로 눕거나 디귿 자로 걷는 짐승들이
말똥 같은 게르에 말똥구리처럼 기어든다
사막을 달리던 바람도 쉼표 같은 게르에서
몸을 눕히는 저녁이면 각진 마음도 어느새
초원의 부추꽃처럼 순하게 돗자리를 깐다
우 우 우 쏟아져 내리는 별빛들을
내 고향 말로 쏘내기별이라 불러도 좋겠다
캄캄하고 막막한 고비의 밤
새끼 잃은 말처럼 나는 깨어나
이 붉은 별에 처음 왔던 조상처럼
무릎을 꿇고 어두운 지평선을 바라본다
아, 하늘과 땅 사이

까마득한 우주의 소리가 들린다
태초의 저녁처럼
모음으로 부는 바람 속에서
모래가 울고 있다

홍그린 엘스*를 찾아서

황금 모래를 찾아가는
고비의 길은 고행의 길이다
적막과 고요로 텅 빈 황야를
이정표도 내비도 없이
만달만달 달려온 만달고비의 밤
별빛에 길을 물어도 묵묵부답이다
초승에서 보름까지 달의 행로를 따라
바람의 도반이 되어 걸어온
고비의 길은 막막한 생生의 길
길은 어디에도 없고 어디에나 있어
고비고비 길 없는 길을 따라
지평선을 넘고 넘어도 황량한 대평원뿐
고비에서 황량함을 이기려면
몸을 낮추고 고개를 숙여야 한다
낮추고 숙여야 비로소 보이는 것들이 있다
덜컹덜컹 푸루공**의 고삐를 잡고 달려온
우문고비의 끝은 사막의 궁륭
시간의 무덤 같은 홍그린 엘스는

장엄한 절멸보궁

오체투지로 기어오른 열사熱沙의 끝에서

사경死境을 넘어온 바람의 행자들이

사경沙經을 읽는 소리를 들었다

* 몽골의 고비 사막에 있는 황금빛 모래 언덕.

** 러시아제 미니 밴.

돈뜨고비*에서 듣는 밤비 소리

고비의 밤은 망망한 지평선 저 너머에서
붉은 구름의 발자국을 지우며 온다
허브 향 가득한 푸른 바람 속을
한종일 덜컹덜컹 달려온
푸루공도 잠시 숨을 고르는 돈뜨고비의 밤
나는 별빛도 달빛도 없는 여행자 캠프
간이침대에 늙은 낙타처럼 누웠다
바람처럼 살아온 내 생의 가파른 고비를
되새김질하는 적막한 고비의 밤
알타이산맥 너머 광막한 초원을 건너온
검은 양떼구름들이 비를 몰고 왔다
돈뜨 돈뜨 양 떼 풀 뜯는 소리로
밤새 게르의 천창天窓을 두드리는 빗소리는
바그가즐링 촐로의 어느 사원에서 듣던
종소리처럼 심연에 가득 고였다
누군가의 기도 소리 같고
먼 우주에서 온 신의 음성 같은
돈뜨고비의 빗소리를 듣는 밤

나는 새끼 잃은 낙타처럼 홀로 깨어

초원에서 우는 마두금馬頭琴 소리를 들었다

* 중앙 고비.

불의 경전을 읽다

누가 한사코 이 먼 이국까지 와서
내 슬픔의 창을 두드리는가
나는 단지 별을 찾아왔을 뿐인데
낭만을 선사한다는 몽골의 별빛 때문에
누추한 게르의 밤을 허락했는데
밤이 깊을수록 바람의 신이 데려간
잠은 좀처럼 오지 않는다
영하 40도 눈 내리는 자작나무 숲에서는
바람의 악사들이 켜는 모린호르*의 노래
게르의 천창天窓으로 쏟아지는 눈송이들
눈물이 되어 불꽃을 적신다
난로의 연통에 불꽃만 날고 연기가 보이지 않는다
불꽃이 날리는 것은 난로에 장작이 없다는 것
게르에서 겨울밤을 보내 본 사람이면 누구나 알지
마음에 불꽃이 없으면 언어는 단지 연기 같은 것
따뜻한 불을 지필 장작 같은 말 한마디 그리운 밤
바람의 신을 추종하는 연기가 허공에 새긴 만자卍字들
밤새 마음에 새기며 타닥타닥

장작들이 펼쳐 놓은 불의 경전을 읽는다

* 마두금(馬頭琴).

칭기즈칸 보드카와 저녁의 말들

사막의 저녁은 말 울음소리로 온다
모린호르 곡조로 우는 말들의 발굽 아래
초원의 길들이 꼬리를 감추면
말똥 같은 게르의 희미한 불빛들은
칭기즈칸 보드카의 술잔 속에 별빛으로 빛나고
울컥 낙타의 젖은 눈빛처럼 붉어 가는 고비의 밤
누구나 생의 고비를 건너는 동안
한번은 낙타의 혹 같은 슬픔을 안고 사는 것을
칭기스칸 보드카에 기댄 저녁의 말들이
각자의 슬픔을 어루만지며 술잔을 건넨다
불어 터진 라면과 보드카의 독한 향기와 취한 손들이
칭기즈칸 칭기즈칸 연거푸 건배 잔을 비우고
고삐 풀린 구름의 말들은 천창天窓을 떠돈다
낯선 말들이 이국의 하늘 아래서 씨줄 날줄 만나
서로의 생년과 고향을 호명하는 사이
우리는 어느덧 족보에 없는 부족이 되어
형 한잔 아우 한잔 칭기즈칸처럼 목소리 높이고
어느새 하늘의 불콰한 별들도 초롱초롱

초원의 흰 부추꽃에 인다라의 구슬로 반짝인다

옛 산에 두고 온 여름

당신이 꿈인 듯 와서
높고 외로운 옛 산에 들었던 것은 지난여름의 일인데
고산孤山을 오래 마음에 두고 살아온 당신의 꿈이
당신을 그리워하는 나의 여름인 것을 알게 된 것은
이 가을의 일입니다

선인先人을 찾아가는 길 위에는
여름이 사뭇 푸르고 굽이굽이 산경山徑은 그늘이 깊어
당신은 말을 잃고 발길에 밟히는 산새 울음소리만
늙은 소사나무 잎새를 흔들었지요

이따금 새의 눈물인 듯 길섶에 알알이 맺힌 뱀딸기들
그 달짝지근한 눈물 맛에 당신의 입술은 추억에 젖고
병색도 없이 철 늦은 흰 찔레꽃처럼 웃던 당신, 그 미
소에 찔린
내 마음은 가을보다 먼저 단풍이 들겠습니다

옛 산에는 꿈을 키우는 집*이 있어

그 몽와夢窩에 들어 당신의 꿈을 생각하고 있을 때
높고 외로운 것이 시인의 길이라고 했던
당신은 울울한 솔숲에서 아득한 하늘만 바라보았지요

당신은 옛 산의 비탈길에 미끄러지고
나는 당신의 말속에서 미끄러지던
꿈길 같던 그 산속의 한나절
내가 두고 온 것이 애오라지 여름뿐이었을까요

소슬바람에 소사나무 잎새들이 속살대는 가을이
와도
나는 이제 쓸쓸하다 말하지 않아도 될까요

* 고산 윤선도의 유적지 금쇄동에는 '꿈을 키우는 집'이라는 뜻의
양몽와(養夢窩) 터가 남아 있다.

75

고양이 얼굴로 찾아오다

당신이 내게 오는 날은 늘
악몽에 시달리는 밤이거나
술 취해 잠든 새벽

블라인드 커튼 사이로 기웃대는 가로등 불빛처럼
내 곁에 와 있는 당신의 기척에
소스라쳤지만

나는 한 번도 당신의 얼굴을 본 적이 없다

당신은 밤의 얼굴이어서
나는 다만 어둠 속에서 당신이 다녀갔다는 기미를
몸에 새길 뿐

나는 한 번도 당신의 이름을 부른 적이 없다

이름이 없는 것은 존재하지 않는다고 누가 말했던가
나는 이름 없는 것들에게 이름을 붙여 주는 작명가

로 평생을 살았으나
　당신 앞에서는 차마 입술이 열리지 않았다

　읍내에 나갔다 돌아온 어느 저녁
　눈발을 데리고 온 당신은
　풍찬노숙의 계절을 살다 온 탕아처럼 빈집 토방 아래
　웅크리고 있었다

　나는 그날 비로소 당신의 얼굴을 보았다
　배우 김혜자 씨가 찾아간 아프리카 난민 텐트에 북어
처럼 누워 있던 어린아이의 눈빛 같은 당신
　깨 한 알과 쌀보리 한 톨로 수행했다던 싯다르타의 앙
상한 몰골과 남루를 걸친 당신

　어둠 속에서 야옹야옹 애절하게 울던 당신은
　멸치 몇 마리와 밥알 몇 톨에 금방 그르릉 그르릉 배
를 뒤집고
　바짓단에 머리를 비벼댔지만

!

　나는 연민도 자비도 없이 문밖에 당신을 두고 그저
잠이 들었다

　아침에 일어나 보니 당신은 보이지 않고
　관음의 손길 같은 아침 햇살이
　빼꼼히 열어 놓은 문틈으로 살금살금 기어들고 있
었다

어란

　난초꽃 같은 눈포래가 나리는 어란에 가면 매생잇국에 밥이라도 말아 먹자던 그대가 생각나지 그 여름 습습하고 쫄깃한 하모회와 바다 내음을 술잔에 적실 때 그대는 샤부샤부 국물에 눈물을 말았지 세월은 늘 오래 묵은 어리굴젓처럼 마음에 군둥내를 남기고 추억은 또 묵은지 같은 신맛으로 오지만 씹으면 단맛이 되는 추억도 있어 오늘은 삼치회 한 접시에 김을 말다 밀물에 파닥이는 노래미 꼬리 같은 기억을 물고 내 목줄을 놓지 않는 어란 포구에 발목이 잡혔다

쓸쓸함을 위하여

너를 생각하는 동안은 꽃이 오고 꽃이 떠날 때까지 바람벽에 몸을 기대어 있다가 쓸쓸한 귀를 매만지면서 어지러운 바람과 함께 나는 잠이 들곤 했다 은근했고 은밀했던 인연은 그렇게 오래가지 않았다 너의 이름은 내가 불렀고 나의 이름은 아무도 부르지 않았다 무엇을 원하는지 잊어버린 것 같은 순간들이 소리 없이 웅크린 기억들이 나를 들여다보는 수많은 날들이 지났다 저녁이 되어 사람의 그림자가 발등에 수북이 떨어지면 내 안의 쓸쓸함을 꺼내 천천히 쓰다듬었다 밤이 되어 측백나무가 제 키를 껴안고 울 때 허공을 떠돌다 내게로 와서 뜨거워진 그 흔한 말들을 끌어안고 며칠 동안 숨을 죽이고 삼켰던 말을 다시 되뇌곤 했다. 사.랑.한.다.보.고.싶.다.

당신은 누구시길래

어떻게 당신이 내게 왔는지 알 수는 없지만 어린 시절 보리밭에서 날아오르는 종달새처럼 꿈속에서 하늘을 날아다니는 꿈을 꾸었어요 어떻게 당신이 내게 왔는지 알 수는 없지만 아마 짝사랑으로 끝나 버린 첫사랑이 올 무렵 청마靑馬의 파도처럼 철없이 단풍잎에 편지를 쓰던 때였나 봐요 어떻게 당신이 내게 왔는지 알 수는 없지만 홍천강변 군부대에서 부치지도 못한 연애편지를 쓰던 겨울밤 '산 1번지'에 내리던 흰 눈처럼 왔지요 어떻게 당신이 내게 왔는지 알 수는 없지만 만학의 꿈보다 먼저 '자유'의 함성으로 온 당신은 군홧발에 짓밟힌 누이의 영혼이었지요 어떻게 당신이 내게 왔는지 알 수는 없지만 바다가 보이는 교실에서 아이들이 쓰던 '몽당연필의 꿈'으로 피어났지요 어떻게 당신이 내게 왔는지 알 수는 없지만 참척의 고통 속에서 '슬픔의 바닥'을 오체투지로 기어갈 때 관음의 손처럼 내 손을 잡아 주더니! 당신은 누구시길래 그리움 깊어 시름 많은 이 봄밤 올연히 견디라고만 하시는지요

애호박찌개와 나와 나의 시

내가 애호박찌개를 좋아하게 된 까닭은
애오라지 호박 앞에 붙은 애자字 때문이라

애자, 애자 하니 슬프고도 애잔한 나의 한생이 애호박
만 같아
슬픔을 졸여낸 찌개를 애호하게 되었나 보다

매끈하고 부드럽고 때깔 좋은 애호박은
여름 한 철 나를 위로하는 손길 같은 것

납작납작 크기도 알맞게 잘 썰어 놓으면 보기에도
좋고
거기에다 참기름 바른 돼지고기 적당히 볶아 넣고

빛깔 좋고 매콤한 고추장에 다진 마늘 한 스푼
알싸한 양파 반쪽에 송송 썬 대파 한 뿌리

중불에 두부 반 모 들처 넣고 한소끔 끓이면

시쳇말로 밥도독 애호박찌개라!

그런데, 누군가는 내 애호박찌개가 좀 슴슴하다 하고
또 어떤 이는 톡 쏘는 매운맛이 없다고 한다

그래, 청양고추 한 개만 잘게 썰어 넣었다면
제대로 맛나는 애호박찌개 되었을 것을

어쩌랴, 매운 말 못 하고 살아온 내 삶이 이 찌개의 맛
이고
　내 시의 맛인 것을.

노숙

눈발 희끗희끗 날리고
해는 저물어
가로등 불빛 파리한 저녁

길모퉁이 담벼락 아래
웅크린 늙은 개 한 마리
듬성듬성 털이 빠졌다

어미 품으로 파고드는
어린 강아지들
발목이 발갛게 얼었다

4부
불칸낭의 노래

봄 같은 삶

코로나가 한창이던 지난여름
숨도 제대로 못 쉬고 산다는 서울을 떠나
해남에 오신 정희성 시인과 미황사에 들렀다
미황사 세심당에 걸린 미수麋壽*라는 편액 글씨 아
래서
고라니처럼 오래 사는 일과
갑자기 세상 떠난 김종철 선생 이야기를 나누다
오래 살되 항상 봄같이 사는 삶을 생각하며
문 없는 문을 두드리고 있는데
달마의 슬하를 떠나며 노시인이 한 말씀 던지셨다
─그동안 못 쉬었던 숨을 잘 쉬고 갑니다.
그예 나도 한마디 인사말을 건넸다
─선생님! 항상 건강하시고 봄 같은 삶을 사세요.

* 중국 학자 구양수(歐陽脩)의 글귀 미수항춘(麋壽恒春, 오래 살
되 항상 봄과 같아라)에서 따온 글자.

어느 길냥이의 일생

그는 풍찬노숙하는 어미와 애비 사이에서 2녀 1남의
막내로 태어나
생후 3개월 만에 세상을 떠났다
꽃 피는 춘삼월에 태어나 봄날의 햇살 아래서
연분홍 복사꽃 날리는 시인의 집 채마밭을 지나
푸른 바다가 내려다보이는 해변민박을 오가던
그 어린것이 염천지절에 비명횡사했다
그의 사체가 발견된 곳은 땅끝해안로 2821 건너편
해변민박에서 50미터쯤 떨어진 도로변이었다
사망 시간은 새벽 6시경이고 사인은 내장 파열이었다
사망 원인은 아마도 땅끝 어판장에서 활어를 싣고
광주로 가는
1톤 트럭에 치인 것으로 추정된다
새벽마다 시속 60킬로의 그 길을 80 이상으로 달리는
활어차가 사람들에게도 공포감을 주었는데 청각 능
력이 뛰어난
그도 속도 앞에서는 어쩔 수 없었던 모양이다
그래도 이 세상에 나와 행복했던 때가 없었던 것은

아닐 것이다

　어미를 따라 시인의 집에 탈발 와서 온갖 알록달록한
책들 사이를 기웃거리며

　눈빛을 빛내던 그를 나는 기억하고 있다

　나와 눈빛을 마주치면 놀라 소파 밑으로 기어들었다
가도

　햄이나 소시지를 잘게 썰어 접시에 내오면 빼꼼히 기
어 나와

　어미 곁에서 야옹야옹 혀를 날름대며 입맛을 다시던
모습이며

　잔디 마당에서 어미의 꼬리를 물고 장난치던 장면들
이 생생하다

　그 후 어미는 아무 기색 없이 두 새끼를 데리고 탈발
을 계속했다

　세상에 내색할 수 없는 슬픔이 많다는 것을 알기라
도 한 듯이

희수

고향의 대숲과 보리밭의 바람 소리 그리워
십여 년 전에 서울 버리고 하야下野하여
봄이면 텃밭에 눈뜬 씨앗들의 목 쉰 외침을 듣고
가을이면 뒷산 들꽃 따서 꽃술 담그며
흙 속에서 익힌 소멸의 말뜻 되새김하는
옥천면 동리서실 윤재걸 시인의 희수喜壽를 맞아
후배 문인들 몇몇이 모였다
남도 한정식 거나한 저녁 식사 끝 무렵
노래도 한 곡조 시도 한 자락
오랜만에 막걸리 웃국에 희색이 도는 윤 선생님,
늙을수록 기쁜 일은 오직 뜻 맞는 사람뿐이라
이마에 초서로 쓴 희喜자가 꽃처럼 피었다

장터국밥집 뚝배기에 숟가락 부딪치는 소리

　지난해 김남주문학제 끝나고 오랜만에 만난 글벗들 뒤풀이 술좌석에서 청송녹죽 죽창처럼 목청 높이며 밤새 술독에 빠져 있던 목포 朴 시인도 순천에 宋 시인도 두륜산 넘어온 아침 햇빛에 보니 낯빛이 배춧잎처럼 파리했다 김남주 생가 사랑방 들창문까지 들어온 햇살이 속풀이에는 국밥이 제일이라고 말길을 트자 그 말길 따라 늦은 아침 먹으러 식당 찾아 두리번거리다 고도리 시장통 장터국밥집에 들었다 몇은 소머리국밥 몇몇은 순대국밥에 상한 속 달래며 이즈음 젊은 시인들의 시에는 진국이 없다고 투덜대며 보글보글 끓는 뚝배기 국물에 해장 술잔을 기울이는데

　어둑한 식당 저 귀퉁이 남루한 옷차림 서넛, 어느 나라에서 왔는지 몇은 희고 몇은 검은 이주노동자들 서툰 우리말로 마싰다 마싰다 환하게 웃으며 국밥 뚝배기에 숟가락 부딪치는 소리 너머로 언뜻언뜻 건너보니 짠하디짠한 눈빛들 일순 청양고추 다대기 한술에 코끝이 찡해 오는 것이었다.

여수 동백

마음에 동백꽃을 품고 살던
시절이 있었다

당신과 첫날밤을 보냈던
오동도 여관방에도
붉은 동백꽃이 피었다

바다가 밤새 뒤척이고
당신은 여수가 처음이라고 했다

첫, 이라는 말 속에는
갯벌 같은 비릿함과 아픔이 있음을
여수의 밤바다가 일러 주었다

당신이 내 안에서 꽃피던 날부터
시詩가 처음 찾아왔고
세상에 첫아이가 태어났다

그 후 세상의 모든 탄생에는
얼마간의 피 냄새가 묻어 있다는 것도 알았다

근심 많은 나그네처럼 살다 온
여수, 생각하면
언제나 붉은 꽃잎이
피고
진다

당산나무의 비명

동구 밖 당산나무는
처방전 없는 슬픈 속병을 앓으며 살아온
한 마을 사람들의 비명을 나이테에 새기고
묵묵히 푸른 잎으로 울음을 토하고 있다

말도 못 한당께 나 살아온 세상 억울하고 힘들고…

밤에는 산사람
낮에는 토벌대
그 길고 긴 여름날의 목화밭이여
목화밭에 목화 따 먹다 잡혀간 어린것들은 다 어디로
갔을까

동구 밖 당산나무 아래서
백주대낮에 비명도 없이
떼주검으로 쓰러진 흰 핫바지들
그 무고한 피는 아직도 지워지지 않고 있다

맬겁는 사람들 많이도 죽였지
그랑께 어쯔께 그 세월을 말로 하겄소

한평생 가슴에 돌무덤을 쌓고
대패로 뼈를 깎는 고통의 세월을 살아온 늙은 어미들
가슴에는 어떤 필설筆舌로도 오를 수 없는 산이 있다
그 산에는 마멸된 활자들이 백비처럼 누워 있다

비극은 타향살이 같은 것이어서
누구도 그 마을에 가서 말은 섞을 수 없으리

비명悲鳴도 없이 죽어 비명碑銘도 없이 사라진
사람들의 기맥힌 이야기가 강물로 흐르는
여순麗順에 가면

아직도
산수유 피면 노란 꽃으로 오고
동백이 피면 붉은 꽃으로 오는

사람들의 비명이 들린다

불칸낭*의 노래

동백꽃 붉은 가슴 안고 찾아간
제주시 조천읍 선흘리
그늘 깊은 후박나무 아래에서
불칸낭의 노래를 들었습니다

토벌대 불구덩에 아방 어멍 다 잃고
조천바다 숨비소리로 살아온 세월
고랑 몰라 고랑 몰라**
목시물굴 캄캄한 어둠 속에서
슬픔의 밭담을 쌓고 견뎌 온 세월
고랑 몰라 고랑 몰라

불칸낭이 들려준 그 노래
사뭇 가슴에 남아
후박나무 새순처럼 새록새록 피어납니다.

* 불타 버린 나무.
** '말해 봐야 모른다'는 제주 사투리.

황세왓*에 부는 바람

황새 울던 너른 풀밭
바람 소리뿐
칼끝 같은 풀잎의 노래
빈 무덤에 가득하네

화북포구 바닷속에
한라산 구름 속에
떠도는 원혼들
파도 소리로 울고 있네

바람의 아들로 태어나
바람의 혼으로 떠도는
이재수여 이재수여
대정바다 윤슬로 반짝이는 영혼이여

황세왓 너른 풀밭
한 백년 지나도록 피고 지는 풀꽃의 노래
아직도 변방에 우짖는 저 새소리는

누구의 노래인가 누구의 울음인가

백성이 주인인 나라는 언제?
아! 빈 무덤가에
술패랭이만 붉었네

* 황세왓은 신축항쟁 당시 이재수 창의군들이 진을 쳤던 곳이다.

그 봄날의 폭낭*

그 봄날,
마을 집들은 다 불타 버리고
집 안의 아이들까지 화염 속에 사라져 버렸다는
무등이왓 늙은 폭낭 아래서
거멍 돌 같은 제주 시인 덕환이 형은
가메기 모른 식게** 올리며
서러워할 봄도 없이 살아온
동광리 사람들의 모진 세월을 이야기하고,

그 봄날,
사뭇 슬픔을 이기지 못한 나는
그늘 깊은 팽나무 아래서
천수관음의 손바닥 같은 푸른 잎사귀만 세고 있는데
산담 안에 누운 아방 어멍 고향 찾아온 영혼이었을까
지슬꽃 메밀꽃 솜빡하게 핀 산밭에는
배추흰나비들 팔랑팔랑 떼 지어 날고
집 없는 울담 아래는
애오라지 동백꽃만 흐벅지게 피고 지고

그 봄날의 비명悲鳴인 듯

지금도 가메기 울음소리 들려온다

* 팽나무의 제주도 사투리.

** 까마귀도 모를 정도로 숨어서 지내는 제사.

계춘이 할망*

나리꽃 가슴에 달고
계춘이 할망 오시네
저만치 오시네
할망바당 잔물결처럼
타글락타글락
봄빛 속에 오시네

"눈발 날리는 목포항에서 죽은 애기를 묻어 주지도
못한 채 형무소로 끌려갔어, 아이는 또 낳으면 된다고⋯
질퍽이는 그 차가운 눈 위에 두고 가라는 거라"

가슴 가득 울담처럼 쌓인 이야기
차마 세월 속에 묻지도 못하고
구멍 송송 검정 돌로 매달고 산 세월
나, 죄 어수다! 나, 죄 어수다!**
아무리 소리쳐도 들어 주는 이 없던 날들

"내가 무죄 받는다고, 나라에서 보상받는다고, 그 아

이가 살아 올 수는 없는 거잖아"

　　나리꽃 가슴에 달고
　　계춘이 할망 우시네
　　소리 없이 우시네
　　계수나무 푸른 잎에
　　송골송공 맺힌
　　이슬처럼 우시네

* 1948년 당시 25세였던 오계춘(吳桂春) 씨는 도피자 가족이라는 이유로 8개월 된 아들을 등에 업은 채로 토벌대에게 체포되어 징역 1년형을 받고 전주형무소에 수감되었다. 2017년 재심 청구를 하여 2019년 1월 17일 제주지방법원에서 사실상 무죄인 공소기각 판결을 받았다. 그날, 열여덟 명의 수형생존자 어르신들께 가족들이 나리꽃을 가슴에 달아 드렸다. 나리꽃의 꽃말은 '진실, 순수, 무죄'이다.

**나는 죄 없습니다.

늙은 폭낭의 노래

한라에 봄이 오면
아직 다 울지 못한 슬픔이 있어
잎잎이 푸른 눈물 쏟고 있는
늙은 폭낭 그늘 아래서
하염없이 하염없이 바라보던
다랑쉬오름
오름 위에 달이 뜨면
저 멀리 할망바당 잔물결에 벨롱벨롱 빛나던 달빛
그 달빛처럼 소리 죽여 울던 사람아
이제는 가메기 모른 식게 올리지 말자

탐라에 봄이 오면
사뭇 잊지 못할 그리움 있어
낮에는 해그림자로 뼈에 새기고
밤에는 달그림자로 가슴에 새기던
속냉이골
세월에 묻혀 버린 이야기
그 이름 없는 무덤가에 애기동백 붉게 피면

저 아래 어멍바당 핏빛으로 울던 삼촌아
상군 해녀 그 젊은 날의 꿈 다 잊어버리고
이제는 서부렁섭적 바당생이처럼 푸른 하늘을 날자

오월의 찔레꽃

올해도 보고 왔어요

들길에 하얀 꽃
마음엔 붉은 꽃

망월동 가는 길
길섶에 핀 수백수천 찔레꽃

처음부터 어려운 길인 줄 모르지는 않았지만*
그대를 잊는 일이 하도나 깊어서

어질머리 흔들리는 오월이면
산에 들에 수천수만 찔레꽃

올해도 보고 왔어요

들길에 하얀 꽃
마음엔 붉은 꽃

* 송기원의 시 중에서.

봄같이 사는 삶으로 가는 길

김익균(문학평론가)

 김경윤 시인은 "땅끝"에서 자연과 더불어 살아가고 있다. "땅끝"은 한반도 끝자락에 위치한 전라남도 해남, 그곳에서 다시 끝자락인 최남단 마을이다. 김경윤 시인은 그곳의 자연이나 아이들과 함께 울고 웃으며 살았다. 김남주 시인의 생가도 있는 그곳에서 그는 김남주 기념사업회 회장을 맡고서 이 땅에서 어떻게 살 것인가에 대해 늘 모색하고 있다.

 이번 시집의 종시(「오월의 찔레꽃」)는 "망월동 가는 길"에 만나는 오월의 찔레꽃을 지금, 여기로 소환하고 있는데 의미심장한 점은 망월동이 아니라 '망월동 가는 길'을 노래하고 있다는 점이다. 우리 역사 곳곳에 놓인 아픔과 우리 땅 곳곳에 피고 지는 자연이 모두 광주의 오월로 이어진다는 하나의 관점을 얻은 것은 이번 시집을 읽는 큰 보람의 하나다.

 우선 우리는 어디서 출발하든 모든 길이 망월동 가는 길이 되는 시인의 행보에 동참해 보자.

 동백꽃 붉은 가슴 안고 찾아간

제주시 조천읍 선흘리
그늘 깊은 후박나무 아래에서
불칸낭의 노래를 들었습니다

토벌대 불구덩에 아방 어멍 다 잃고
조천바다 숨비소리로 살아온 세월
고랑 몰라 고랑 몰라
목시물굴 캄캄한 어둠 속에서
슬픔의 밭담을 쌓고 견뎌 온 세월
고랑 몰라 고랑 몰라

불칸낭이 들려준 그 노래
사뭇 가슴에 남아
후박나무 새순처럼 새록새록 피어납니다.
                              ─「불칸낭의 노래」 전문

　"고랑 몰라"는 말해 봐야 모른다는 제주 사투리라고
한다. 시인은 제주시 조천읍 선흘리에 가서 당해 보지
않고서는 모르는 역사의 트라우마와 마주한다. 조천읍
선흘리는 '제주 4·3사건' 때 토벌대가 불을 질러 아버지
와 어머니를 모두 잃게 된 주민들의 말 못 할 사연이 깃
든 곳이다.

"불칸낭이 들려준 그 노래"로 인해 역사의 아픔은 마치 불타 버린 나무로부터 시인의 가슴으로 옮겨 심은 새 순처럼 피어난다. 한국전쟁은 조선민주주의인민공화국과 대한민국이라는 두 주권 국가가 1950년 6월 25일에 창졸간에 일으킨 사건이 아니었다. 제주 4·3과 여순사건은 전쟁이 이미 남한 내부에서 진행되고 있었음을 보여준다. 그런 면에서 이번 시집이 전라도와 제주도, 오월과 사월의 만남의 장소가 된 것은 단순한 우연이 아니다.

망월동의 오월을 살아낸 김경윤 시인은 망월동으로부터 망월동으로, 부단히 만행漫行하며 살아왔을 것이다. 이러한 '만행'을 통해 김경윤 시인은 야스퍼스가 제기한 형이상학적 죄를 시예술로 승화시킨다. 형이상학적 죄는 인간이 저지른 죄가 끝나는 곳에서도 남는 죄, 달리 말하면 고통과 재난 앞에서 연대를 이루지 못한 인간의 운명적 부채감이다.

제주도민들이 오랜 세월 혼자 지내 온 "가메기 모른 식게"(까마귀도 모를 정도로 숨어서 지내는 제사)를 함께하자고 말 건네는 일이 시라면 보편적 인권의 기초는 이러한 시심詩心으로부터 싹트는지도 모르겠다.

이번 시집을 역사적 트라우마의 현장에서 피어나는 시심으로 이해하는 일은 시집의 뒤표지를 막 덮은 독자의 실감에 충실한 것일 수 있다. 총 4부로 구성된 시집의

4부에 집중된 역사적 트라우마가 시집 전체의 해석에 영향을 미치는 것은 일견 수긍할 수 있는 일이다.

　이번 시집을 읽는 또 하나의 방식은 자연 혹은 비인간을 향해 손짓함으로써 서정의 중핵을 민감하게 가로지르는 길 위에 서는 일이다.

> 어린 시절 고향 마을
> 큰댁 텃밭머리에서
> 생명의 신비를 처음 가르쳐 준 팽나무.
> 세상에 와서 처음 만난
> 나의 스승이에요
>
> 　　　　　　　　—「팽나무에 대한 헌사」 부분

　1부에 실린 위의 시는 인간과 자연-비인간이 어울려 지내던 어린 시절 고향 마을을 장소로 삼는다. 그곳에서 팽나무는 홍점알락나비, 저녁 때까치와 그 알의 따뜻함, 애벌레가 나비로 성장하는 우화羽化 등의 다양한 생태가 펼쳐지는 우주다. 나에게 생명의 신비를 가르쳐 준 첫 스승은 비인간인 팽나무였다고 위의 시는 조곤조곤 속삭인다.

　그래서 위의 시는 팽나무를 소재로 한 자연 서정시로 분류될 테지만 4부와 횡단하며 팽나무는 제주도 마을의 수호신이자 제주 4·3 때 불타 버린 나무로 역사화된다. 그리하여 "그 봄날,/사뭇 슬픔을 이기지 못한 나는/그늘 깊은 팽나무 아래서/천수관음의 손바닥 같은 푸른 잎사귀만 세고 있"(「그 봄날의 폭낭」)게 되는 것이다.

따라서 이번 시집은 단순히 인간에 의해 타자화된 '신비'나 인간적인 것의 알레고리로 자연을 재단하기를 거부한다. 시는 인류세人類世 시대를 낳은 역설적 인간의 역량을 재정의해 나가는 포스트휴먼의 처소로서 열어 밝혀져야 하기 때문이다.

인류세는 지구 시스템에 미친 인간의 행위성으로 인해 지구 시스템의 변동이 일어나 인류의 생존이 위협받는 상황을 지칭하는 단어이다. 인류세는 한편으로 인간의 행위성이 지구 시스템 자체에 영향을 미칠 만큼 위력적이게 되었다는 것을 뜻하면서도 역설적으로 인간을 비롯한 다양한 생명체의 존립 기반 자체가 붕괴할 위험에 빠졌다는 점을 의미한다. 따라서 시나 인문학에게 제기되는 주요 과제 중 하나는 인류세의 역설을 초래하게 된 인간 사유의 기본적인 바탕에 대한 비판적 고찰과 더불어 이러한 재난에 대한 시적 응전이라고 할 수 있다. 서정은 비인간(자연)의 행위성을 긍정함으로써 인간중심주의에서 벗어나 인간과 지구 시스템의 관계를 새롭게 정립하는 데 기여해야 하는 것이다.

근대 전환기를 거치면서 숱한 현자들은 자연을 산업화 시대 인간 이성의 타자, 대상으로 치부해서는 안 된다고 지적했지만 그러한 경고는 자주 비웃음거리가 되었다. 2000년대 우리 시단에 미래파의 자리를 마련하는 과정에서 나온 화두인 '자연이라는 매트릭스'는 가장 고차원적인 자연혐오였는지도 모른다. 하지만 인류세 시대를 운위하는 오늘날에 비추어 볼 때 자연은 오히려 '비인간'에 대한 인식을 마련하기 위해 한층 더 중요한 탐구 대상이 되고 있다.

하얀 치약 거품을 입에 물고
봄의 문 앞에 선 그녀가 글썽글썽
윤슬로 내게 오던 날

이 나이에 언감생심 사랑이라니, 했던
그 말들이 다 헛말이 되었네

속살속살 속살거리듯
잔물결로 달려와 내 발목을 붙잡고
썰물에 은빛 모래알 굴러가듯
그녀가 부르던 노래는 어느 나라의 아가雅歌일까

그 노랫소리에 내 귀는 소라처럼 부풀고

　　봄바람은 부드러운 손길로 붉어진 귓불을 어루만져 주었네

　　기도하듯 무릎을 꿇고 그녀의 입술에 나의 입술을 가만히 포개면

　　짭조름하고 달자근하고 비릿한 바다의 살내음이라니

　　일순 해변의 언덕에는 수줍은 듯 낯 붉힌 달래달래 진달래

　　아침저녁으로 그녀의 노래를 듣던 그 봄날

　　나는 바다의 애인이었네

　　　　　　　　—「그 봄날 나는 바다의 애인이었네」 전문

　　위의 시에서 시인은 바다와 사랑에 빠진다. "이 나이에 언감생심 사랑이라니"라며 사랑의 불가능성을 강변해 온 인간의 "말들"을 "헛말"로 만들어 버리는 것은 파도 소리처럼 아름답게 "속살속살" 흘러나오는 서정의 말들이다.

　　이처럼 서정은 불가능해 보이던 사랑이 가능해지는 기적을 우리에게 베푼다. 인류세를 살아가는 우리가 비인격적 정동affect의 현전을 감지할 수 있으려면 그것에

사로잡힐 필요가 있다. 최소한 얼마간 의심을 유예하고 보다 개방적인 자세를 취해야만 한다. 우리가 저 바깥에 있는 것을 이미 알고 있다는 오만에 사로잡혀 있는 동안 우리는 아마 비인격적인 힘의 대부분을 놓치게 될 것이다.

근대적 인간이 자연—비인간과 변별되는 특권적 능력으로 내세웠던 반성 능력조차도 인간의 타고난 능력이라기보다 인간과 자연의 상호작용의 산물이라는 것이 근자에 이른 생각이다. 인간과 비인간, 생명체와 비생명체의 위계적 대립 틀을 해체하기 위해서는 린 마굴리스나 도나 해러웨이를 참조해도 좋다. 아래의 시에서 표상하는 개체로서 해조海藻는 단지 해조의 게놈과 미생물들의 게놈으로만 이루어져 있는 것이 아니라, 수중생물들과 어부, 죽어 가는 해조에 응답하는 시인들이 모두 포함되는 홀로바이옴holobiome이라고 봐야 하는 것이다. 인간 즉 시인 역시 이처럼 비인간과 분리되지 않는 협력적 공동존재이다.

오늘 밤엔 누가 들었는지

며칠째 캄캄하던 창문에 불빛이 환하다

헐벗은 해조海藻 그 쓸쓸한 필생들이

하룻밤 혹은 달방 얻어 한 철 머물다 가는

바다 여인숙, 잠 못 드는 밤이면

마음은 해인정사海印精舍에 들어

해조음에 잠귀를 적시며 불면을 잠재운다

　　　　　　　　　　　　 —「바다 여인숙」전문

　　김경윤 시인은 자연과 대면한 인간에게 되살아나는
주술성이나 기쁨과 불안 사이의 기이한 조합을 표현하
고 있다. 자연에 대한 감각적 주술성의 순간들은 우리를
종종 압도하는 게 사실이다. 시인은 이러한 순간을 영원
의 진실로 받아들이는 데 놀라울 정도로 능동적인 존
재이다.

　　위 시에서 시적 주체는 "헐벗은 해조海藻 그 쓸쓸한
필생들"의 "마음"이 되어 "해인정사"에 귀거하며 "불면"
을 잠재운다. 이 불면은 어디에서 비롯되는 걸까. 세속을
사는 번뇌의 가짓수는 만 가지가 넘겠지만 시적 주체가
그 누구도 아닌 "마음" 그 자체라고 한다면 불면은 마음

이 함께 공속하는 '비동일성nonidentity'에 다름 아니라고 하겠다. 비동일성은 지식에 종속되지는 않으나 인간이 개념으로 포착하지 못하는 '이질적인' 무언가를 가리키는 아도르노의 용어이다.

이 규정하기 힘든 힘은 인간의 경험에서 완전히 벗어난 영역에 있지 않다. 비동일성은 우리에게 영향을 미치는 존재다. 망각되거나 버려진 무언가에 대한 고통스럽고 끊임없이 지속되는 느낌에 우리는 사로잡혀 살지 않는가. 표상을 부적절하다고 느끼는 이 당황스러운 감각은 누군가의 개념이 정교화되거나 분석적으로 정확해지는 여부와는 상관없이 잔존하는 것이다. 우리가 어렴풋이 느끼고 있던 비동일성에 대한 감각은 삶이 언제나 우리의 지식과 통제를 초월한다는 것에 대한 강력한 감각으로 전환될 수 있다. 아도르노는 이 비동일성의 고통을 이미 다른 삶을 질식시키는 삶의 죄라고 표현한다. 그리하여 비동일성의 고통은 자아 안에서 상황이 달라져야만 한다는 생각을 불러일으킨다. 이 도덕적 자각이 실제 사회의 변화로 언제나 이어지지 않는다는 점과는 별개로 어떤 시인들은 실천의 도정 속에서 우리에게 비전을 제시하였다는 점은 역사 속에서 인정되고 있다.

하지만 시적 실천은 몇 가지 역사적 사건들로 환원될 수 있는 것이 아니다. 비판적인 반성을 통해 개념이 놓치는 가장 미세한 기미를 알아차릴 수 있는 사람은 사물들을 향해 손짓할 수 있는 사람이기에 인간 이성이 가하는 개념화의 왜곡이 가리는 것을 시인은 상상을 통해 재창조할 수 있다. '개념화가 우리를 속일지라도' 대상 하나하나에서 여전히 드러나는 가능성을 통해 경직된 그 대상들에 시인의 상상력은 파고든다. 그러하기에 "마음"이 기거하는 "해인정사"는 비동일성으로 스며드는 서정의 힘으로 우리의 불면을 잠재워 주지 않는가.

> 달이라도 뜨는 날이면
> 만조의 바다는 가릉빈가처럼 날개를 파닥이고
> 달빛이 새의 깃털처럼 창문으로 날아들었다
>
> 달이 토해 놓은 모래를 삼킨
> 언덕 위 외딴집에는
> 소음의 모래 같은 침묵이 쌓이고
>
> 모래를 삼킨 빈방에 누워
> 나는 붉은 새로 환생하는 꿈을 꾸었다
>   —「모래를 삼킨 집」부분

불경과 인도 신화에 나오는 상상의 새 "가릉빈가"는

이렇게 부정된 현실의 가능성들 안에, 대상들의 세계를 둘러싸고 그 세계에 파고드는 보이지 않는 '시의 나라'로 환생하고 있다.

시인은 개념화에 대한 자기-비판과 동시에 대상의 질적 특이점들에 대한 감각적 주의를 표하고 비현실적인 상상력의 훈련을 받은 전문가이다. 시적 실천을 통해 비동일성에 대한 우리의 불만은 그에 대한 존중으로 전환할 수 있고 모든 것을 지배하려는 우리의 의지는 반성될 수 있다.

이러한 감각으로부터 나타나는 예외적이고 영웅적인 몇몇 실천들뿐만 아니라 인간의 정동 전체에 개입하기 위해서 "모래를 삼킨 빈방에 누워" 저며드는 시인의 슬픔은 더 많이 이야기되어야 하지 않겠는가.

2부에 집중되는 바다 시편 「파도의 안부」, 「바다의 노래를 필사하다」, 「바다의 적막」, 「그 봄날 나는 바다의 애인이었네」, 「바다의 비애」 등은 넓은 의미에서 시집 곳곳의 타자—가령 '고양이' 시편들을 보라—에 대한 사랑으로 번져 나간다.

코로나가 한창이던 지난여름
숨도 제대로 못 쉬고 산다는 서울을 떠나
해남에 오신 정희성 시인과 미황사에 들렀다

미황사 세심당에 걸린 미수養壽라는 편액 글씨 아래서
고라니처럼 오래 사는 일과
갑자기 세상 떠난 김종철 선생 이야기를 나누다
오래 살되 항상 봄같이 사는 삶을 생각하며
문 없는 문을 두드리고 있는데
달마의 슬하를 떠나며 노시인이 한 말씀 던지셨다
―그동안 못 쉬었던 숨을 잘 쉬고 갑니다.
그예 나도 한마디 인사말을 건넸다
―선생님! 항상 건강하시고 봄 같은 삶을 사세요.

                                    ―「봄 같은 삶」전문

 4부의 시 역시 기후 위기에 대한 문제의식을 주요 모
순으로 하여 역사적 트라우마를 아우르고 있다고 할
수 있다. 지난 몇 년 우리는 일찍이 경험하지 못했던
COVID-19로 전에 없던 일상을 살아가야 했다.
 팬데믹과 함께하는 일상이란 학교로부터, 사무실로
부터, 공장으로부터, 가정으로부터, 동료로부터, 친구로
부터, 심지어 가족으로부터도 원하지 않은 강제적 격리
와 고립으로 나타났다. 이 경험은 다양한 차원과 층위
에서 미래의 삶의 형태에 대해서 새롭게 궁구해 보지 않
을 수 없게 만든다.
 포스트 코로나 또는 위드 코로나라는 표어와 함께

어느새 국제적인 메가시티 서울은 '숨도 제대로 못 쉬고 사는' 장소로, 미황사를 품은 산 달마는 봄같이 사는 삶을 건사하는 장소로 바뀌었다. 위의 시에서 "김종철"이라는 고유명은 생물학적 개인 즉 인간인 동시에 달마처럼 비인간의 표상—봄 같은 삶—으로 제시된다. 고유명으로서 김종철은 목적 그 자체인 인간이 아니라 다양한 목적들의 교차로 즉 달마와 같은 토포스(장소)인 것이다. 유물론자들은 인간을 목적-그-자체로 간주하기보다는 이로써 인간을 온전히 만들며 권능을 부여하는 '도구화'를 추구하고자 해 왔다. 서로 대립하는 무수히 많은 목적이 개개인 내에서 동시에 추구된다는 점, 그리고 그것 중 일부는 전체에 유익하고 일부는 그렇지 않다는 점을 생각해 보라. 인간이란 건너야 할 다리인 것이다. 인류세 시대의 서정은 인간성에 대한 특수한 모델(서구적 부르주아 남성)을 거부하기 때문에 칸트식 윤리가 기준이 되는 세계 내에서 계속하여 고통받는 인간에게 일종의 안전망을 제공할 수 있는 것이다.

인간이 비인간 세계와 조우하는 장소로서 자아는 불순하게 혼합된 인간과 비인간의 배치라고 할 수 있다. 인류세 시대의 서정은 김종철의 고유명 아래에서 또는 달마의 슬하에서 "오래 살되 항상 봄같이 사는 삶"을 모색한다. 그것은 인간의 행복과 안정을 증진시키는 방법으로서 우리를 구성하는 물질성의 지위를 격상하는 것이기도 하다. 각각의 인간은 생동하는 물질로 이루어진 이질적인 합성체인바 만약 물질이 그 자체로 활력을 지닌다면 주체와 객체 사이의 차이가 최소화될 뿐 아니라 모든 사물들이 공유하는 물질성의 지위는 격상될 것이다. 김종철이 곧 달마이고 달마가 곧 김종철인 소이가 여기 있다.

코로나19라는 생태 위기는 구조적, 체계적 위기이고 그 근본 원인의 제거 없이는 극복될 수 없다. 코로나를 극복했다고 선언하는 포스트-코로나라는 증상(결국 환상)은 이와는 반대로 이 근본 원인을 체계적으로 덮어 가리고 포스트-코로나에 대한 사람들의 희망(결국 욕망)을 활용해 이 구조적이고 체계적인 위기를 지속시킨다. 기후 위기는 (코로나 사태에서 엿볼 수 있듯이) 대중의 정치를 불가능하게 만들거나 위축시키는 극단적 폭력(특히 초객관적 폭력)으로 나타나고 있으며 시간적 긴급성으로 인해 다른 모든 이슈들을 압도하는 지배적인 위치를 차지하기 시작했다. 기후 위기라는 새로운 주요 모순의 출현은 기존의 역사적 트라우마가 포괄하고 있던 젠더 문제, 계급 문제, 분단 문제 등에서 비롯되는 다양한 쟁점들을 민주적으로 포괄할 수 있는 헤게모니적 운동을 요청하고 있다. 특히 한쪽의 입장을 다른 쪽에 번역하여 전달하고 갈등을 축소하면서 전체적인 전선을 형성하려는 노력을 기울일 유기적 지식인들, 실천가들이 필요한 지금—여기에서 다시, 시인은 무엇을 할 것인가 물어야 하겠다.

코로나19 팬데믹이 기후 위기의 변형태라는 점이 과학적으로 속속 밝혀지고 있는 상황에서 인류세에 대한 성찰은 긴요하다. 이러한 생태 위기와 그로 인해 생산된 인류세 담론에 발맞춰 김경윤 시인은 의욕적으로 또는 수행적으로 (근대철학의 대립적 이항인) 주체와 객체 사이의 경계를, (과학철학과 과학사회학의 대립적 이항인) 인간과 비-인간 행위자(즉 사물 또는 '물건') 사이의 경계를 허무는 포스트모더니즘적 정신의 작업, 즉 탈현대성의 지평에서 수행되는 작업을 진행하고 있지 않은가.

마지막으로 이번 시집의 문제의식이 동양적 전통 미학에 의해 지지될 수 있음을 간략하게나마 엿보며 마치겠다.

내가 애호박찌개를 좋아하게 된 까닭은
애오라지 호박 앞에 붙은 애자字 때문이라

애자, 애자 하니 슬프고도 애잔한 나의 한생이 애호박
만 같아

슬픔을 졸여낸 찌개를 애호하게 되었나 보다

(중략)

그런데, 누군가는 내 애호박찌개가 좀 슴슴하다 하고
또 어떤 이는 톡 쏘는 매운맛이 없다고 한다

그래, 청양고추 한 개만 잘게 썰어 넣었다면
제대로 맛나는 애호박찌개 되었을 것을

어쩌랴, 매운 말 못 하고 살아온 내 삶이 이 찌개의 맛
이고
내 시의 맛인 것을.

— 「애호박찌개와 나와 나의 시」 부분

애호박찌개와 나와 나의 시를 나란히 놓은 위의 시는
인간과 비인간과 시가 혼합된 복합체라고 부를 수 있을
것이다. 기후 위기를 낳은 인류세를 대표하는 삶의 양식
을 우리는 제국적 생활 양식이라고 단언할 수 있다. 착
취와 수탈에 기반한 이 생활 양식은 대한민국을 비롯한
OECD 국가의 시민들에게 자연적인 것으로 일상화되
고 체화되어embodied 있다. 육류를 소비하고 물건을 구매

하고 스마트폰을 사용하고 운전을 하는 것과 같은 행위들은 개인들의 기초적인 욕구를 충족하고 만족스러운 삶의 질을 유지하기 위해 필수적인 것인데, 개인들 자신은 이러한 행위들에 기입되어 있는 자본주의적 세계경제의 불평등한 상품화와 가치화의 연관망을 파악하지 못할뿐더러, 설령 그것을 파악한다고 해도 그것을 개조하거나 변혁하려는 엄두를 내기 어렵다.

이러한 생활 양식을 영위하고 유지하기 위해 막대한 탄소 배출이 이루어져야 하고, 불가피하게 사회적 위계 및 불평등이 강화되기 때문에 그러한 생활 양식을 직접 영위할 수 없는 이들에게 풍요와 문명의 상징처럼 재현되고 욕망의 대상으로 나타난다. 여기에 코로나19는 심각한 백신 불평등을 덧붙였다. 우리 지구 행성의 거주자들이 제국적 생활 양식을 영위하는 삶의 모습을 선망의 대상으로 삼는 것은 이러한 외력의 작용을 수동적으로 받아들이는 정신의 자동 장치에 기인한다.

슬픔을 졸여낸 찌개를 슴슴하게 조리하는 삶을 가치화하는 위의 시는 이러한 정세로부터 제국적 생활 양식을 선망하지 않는 삶의 관념을 조직하기 위해 동양적 전통 미학의 지원을 받고 있는 것이다. 이러한 가치화가 이루어진 세계에서 인간의 행위나 사회 제도는 세계의 운행 질서를 모방하게 될 것이다. 제도와 도덕 등 모든 것은 계절이 변화하듯이 자연스럽게 전개되어야 할 것이다. 자연은 객관화 또는 대상화되지 않으며 인간은 자연을 충분히 파악한 후에 그에게 적응하는 법을 배워야 할 것이다. 이렇게 해서 길러진 현자의 인격personality은 완전히 개방적이며 운행 전체의 흐름과 일치하게 될 것이다. 현자는 운행의 전체적 의미와 결합함으로써 인격의 풍부함을 풍겨낼 것이다.

인류세 시대에 길러져야 할 현자의 인격은 위 시에서 애호박찌개의 슴슴한 맛, 인간–비인간의 위계를 해체한 중립의 가치의 감각화로 나타난다. 이 슴슴한 맛은 모든 가능한 것들의 출발점이며 그것들을 서로 소통하게 한다. 현자의 인격만큼이나 슴슴한 이 맛은 어느 한 가지 특정한 맛에 고착되지 않으며 따라서 무한히 변화할 수 있다.

우리는 문화들이 표준화되는 시대, 다이제스트가 일상화된 시대에 살고 있다. 인간 종의 다양성, 문화적 유전자의 다양성은 상품의 다양성–결국 각 상품의 표준화 원리에 다름 아닌–으로 환원되고 있다. 그런데 맛의 슴슴함, 실재의 단순함은 이러한 표준화를 거부한다. 서로 다른 맛들은 누구나 알 수 있지만 '도道의 슴슴함'은 가장 음미하기 어렵다. 그리하여 그것은 무한히 음미된다.

슴슴함을 예찬한다는 것, 맛이 아니라 맛없음을 높

이 평가한다는 것은 상식을 뒤엎는 데서 쾌감을 누린다면 모를까 우리가 느끼는 가장 즉각적인 판단에 위배되는 일이다. 근대적 사고로 설명되지 않는 것은 대개 역설과 신비로 여겨지게 되지만, 습습함은 동양의 미학적 전통의 지원을 받으며 그 전통 속에서 일상의 가치, 제국적 생활 양식을 변혁한다.

이제 시는 습습함의 소리, 습습함의 느낌, 습습함의 이미지를 직접 체험하고 해석할 수 있는 토포스가 되어야 한다. 인류세 시대에 습습함은 하나의 가치로 인정되어야 한다. 그것도 근원적 가치로 말이다.

근대인에게 역설처럼 보이던 것이 자명한 이치가 될때, 우리 눈에도 습습함이라는 것이 새로운 가치로 비칠때 건너야 할 다리를 건넌 인간이 (재)탄생할 것이다. 우리도 미처 의식하지 못하는 사이에 내면화되어 있는 이념 체계나 문화 환경을 넘어 습습한 애호박찌개가 긍정적인 가치로 되어 가는 과정 속에서 달마의 슬하로 '가는 길'은 열린다.

그리하여 우리는 봄같이 숨 쉬는 법을 배우게 되리라.

무덤가에 술패랭이만 붉었네
2023년 11월 2일 1판 1쇄 펴냄

지은이   김경윤
펴낸이   김성규
편집   김안녕 한도연
디자인   신아영
펴낸곳   걷는사람
주소   서울 마포구 월드컵로16길 51 서교자이빌 304호
전화   02 323 2602
팩스   02 323 2603
등록   2016년 11월 18일 제25100-2016-000083호

ISBN 979-11-93412-07-7 04810
ISBN 979-11-89128-01-2 (세트)

* 이 책은 ☒ 전라남도 ☒ 전남문화재단의 2023년도 지역문화예술육성지원사업
  으로 지원받아 발간되었습니다.